「灰姑娘」鞋店

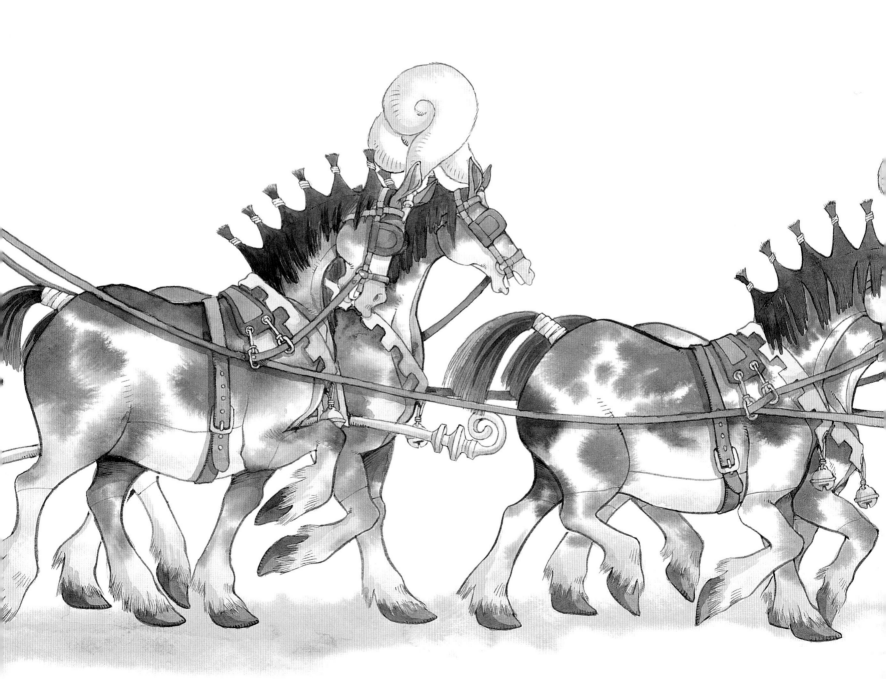

國家圖書館出版品預行編目資料

「灰姑娘」鞋店 / 李民安文; 郜欣, 倪靖圖. －－初版
一刷. －－臺北市; 三民, 民91
面; 公分－－(兒童文學叢書. 童話小天地)

ISBN 957-14-3594-5 (精裝)

859.6

© 「灰姑娘」鞋店

著作人　李民安
繪圖者　郜　欣　倪　靖
發行人　劉振強
著作財
產權人　三民書局股份有限公司
　　　　臺北市復興北路三八六號
發行所　三民書局股份有限公司
　　　　地址／臺北市復興北路三八六號
　　　　電話／二五〇〇六六〇〇
　　　　郵撥／〇〇〇九九九八——五號
印刷所　三民書局股份有限公司
門市部　復北店／臺北市復興北路三八六號
　　　　重南店／臺北市重慶南路一段六十一號
初版一刷　中華民國九十一年二月
編　號　S 85504
定　價　新臺幣肆佰元整
行政院新聞局登記證局版臺業字第〇二〇〇號

ISBN 957-14-3594-5 (精裝)

網路書店位址：http://www.sanmin.com.tw

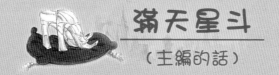

滿天星斗

（主編的話）

不知道你有沒有聽過這個故事？

從前從前夜晚的天空，是完全沒有星星的，只有月亮孤獨地用盡力氣在發光，可是因為月亮太孤獨、太寂寞了，所以發出來的光也就非常微弱暗淡。那時有一個人，擁有所有的星星。她不是高高在上的國王，也不是富甲天下的大富翁，她是一個名叫小絲的女孩。小絲的媽媽總是在小絲入睡前，念故事給她聽，然後，關掉房間的燈，於是小絲房間的天花板，就出現了滿是閃閃發亮的星星。小絲每晚都在星光中走入甜美的夢鄉。

有一天，小絲在學校裡聽到同學們的談話。

「我晚上都睡不著覺，因為我房間好暗，我怕黑。」一個小男孩說。

「我也是，我房間黑得像密不透氣的櫃子，為什麼月亮姐姐不給我們多一些光亮？」另一個小女孩說。

那天晚上，小絲上床後，當媽媽又把電燈關熄，房中的天花板上又滿是星光閃爍時，小絲睡不著了，她想到好多好多小朋友躺在床上，因為怕黑而睡不著覺，她心裡好難過。她從床上爬起來，走到窗前，打開窗子，對著月亮說：「月亮姐姐啊，您為什麼不多給我們一些光亮呢？」

「我已經花好大的力氣，想要把整個天空照亮，可是我只有一個人啊！整個晚上要在這兒，我覺得很寂寞，也很害怕。」月亮回答。

「啊！真對不起。」小絲很抱歉，錯怪了月亮。可是她心裡也好驚訝，像月亮姐姐那麼美，那麼大，又高高在上，也會怕黑、怕寂寞！

小絲想了一會兒，對著月亮說：「月亮姐姐，您要不要我的星星陪伴您呢？星星會不會使天空明亮一些？」

「當然會啊！而且也會使我快樂一些，我太寂寞了。」月亮高興的回答。

小絲走回房間，抬頭對著天花板上，天天陪著她走入甜美夢鄉的星星們說：「你們應該去幫忙

I

月亮，我雖然會很想念你們，但是每天晚上，當我看著窗外，也會看到你們在天空閃閃發亮。」小絲對著星星們，含淚依依不捨的說著：「去吧！去幫月亮把天空照亮，讓更多小朋友都看到你們。」

從此，天空有了星光。月亮也因為有了滿天的星斗相伴，而不再寂寞害怕。

每當我重複述說著這個故事時，不論是大人或小孩心中都會洋溢著溫馨，也都同樣地盪漾著會心的微笑。

童話的迷人，正是在那可以幻想也可以真實的無限空間，從閱讀中也為心靈加上了翅膀，可以海闊天空遨遊。這也是我始終對童話故事不能忘情，還找有志一同的文友們為小朋友編寫童話之因。

這一套童話的作者不僅對兒童文學學有專精，更關心下一代的教育，出版與寫作的共同理想都是為了孩子，希望能讓孩子們在愉快中學習，在自由自在中發展出內在的潛力。

想知道小黑兔到底變白了沒有？小虎鯨月牙兒可曾聽見大海的呼喚？森林小屋裡是不是真的住著大野狼阿公？在「灰姑娘」鞋店裡買得到玻璃鞋嗎？無賴小白鼠又怎麼會變成王子？細胞裡的歷險有多刺激？土撥鼠阿土找到他的春天了嗎？還有流浪貓愛咪和小女孩愛米麗之間發生了什麼事？……啊！太多精采有趣的情節了，在這八本書中，我一讀再讀，好像也與作者一起進入了他們所創造的故事世界，快樂無比。

感謝三民書局以及與我有共同理想的作家朋友們，他們把心中的美好創意呈現給大家。而最重要的是，如果沒有可愛的讀者，一再的用閱讀支持，《兒童文學叢書》不可能一套套的出版。

美國第一夫人羅拉‧布希女士，在她上任的第一天，就專程拜訪小學老師，感謝他們對孩子的奉獻。曾經當過小學老師與圖書館員的她，很感謝小學老師的啟蒙，和父母的鼓勵。她提醒社會大眾，讀書是一生的受惠。她用自己從小喜愛閱讀的經驗，來肯定童年閱讀的重要收穫。

我因此想起了一個從小培養兒童文學的社會，有如那閃爍著星光，群星照耀的黑夜，不僅呈現出月亮的光華，也照耀著人生的長河。讓我們一起祈望，不論何時何地，當我們仰望夜空，永遠有滿天星斗，而不是只有孤獨的月光。

祝福大家隨著童話的翅膀，海闊天空任遨遊。

後來呢？

不曉得是不是害怕傷害小讀者們幼小的心靈，你假如注意一下，就會發現，幾乎所有的童話故事，都千篇一律的有個「大團圓」式的快樂結局，十分的「天從人願」。

因此，流浪的小狗最後總會找到一個充滿愛心的小主人；被魔法詛咒的公主一定會回到慈愛的父王身邊；壞心的繼母和惡毒的兄姐也必然自食惡果，害人不成反害己；……而最最重要的公式是：公主和王子結婚以後，絕對是「從此就過著幸福快樂的生活」。

有一天，我不知哪根筋不對，居然對這個被洗腦多年的公式起了懷疑。這年頭流行另類思考，心想，不妨來個腦筋急轉彎吧，於是，我選了「灰姑娘」這個有名的公主王子故事，寫了這篇《「灰姑娘」鞋店》。

你是不是曾經像我一樣，羨慕那些長相好、功課好、人緣好、家境好，集眾「好」於一身的「公主」與「王子」們，埋怨老天爺不太公平，為什麼別人生下來嘴裡含著金湯匙，件件不缺，而自己似乎總是要什麼沒什麼的少那麼一點點。發生在他人身上的事，多半是幸運且可喜的，而自己碰上的，則都是「人生不如意事，十有八九」中的那「八九」！？

假如有一天，我和「公主」、「王子」易地

而處，調換身分，我是不是就能理所當然的天從人願，必定從此就能過著幸福快樂的生活？

美貌、財富、身分、權力，一定能帶來幸福快樂的生活嗎？

灰姑娘那雙人人稱羨的玻璃鞋，穿在腳上真的舒服好走嗎？

其實，假如我們懂得用智慧和勇氣，去追求、創造屬於自己的快樂和幸福，那麼，每個人都可以是公主和王子，對不對？所以，我這個故事，是寫給所有願意努力開創自己光明未來的小公主和小王子們看的。

故事的「後來呢？」就靠你自己去創造啦。

李民安

兒童文學叢書

・童話小天地・

「灰姑娘」鞋店

李民安・文

郜欣／倪靖・圖

三民書局

　　史伯特是王城裡最有名的鞋匠，他製作的女鞋不但好看，而且穿起來又舒服，所以他開的「足下美」，是那些貴婦淑女想要買鞋時，第一個去光顧的地方。

　　史伯特的妻子早已經過世，他和女兒茱莉亞、小學徒派克三個人一起經營鞋店。

　　十六歲的茉莉亞美麗大方，她每天除了招呼
客人，為她們展示鞋樣、量腳、試鞋之外，
最常做的，就是為她們講「灰姑娘」的故事。
這絕對是她這輩子講過次數最多的一個故事。
　　每當她講完灰姑娘靠著獨一無二的玻璃鞋，
終於和王子結婚的圓滿結局時，聽故事的人

都會忍不住回頭，看一眼店中央那座鍍金的
高檯；檯子上有一個玻璃櫃，櫃子裡放著一雙
淡藍色的玻璃鞋，在燈光下閃閃發光。

客人們總愛問：「就是那一雙嗎？」

「當然不是。」茉莉亞也得一再解釋：「那是
複製品。」

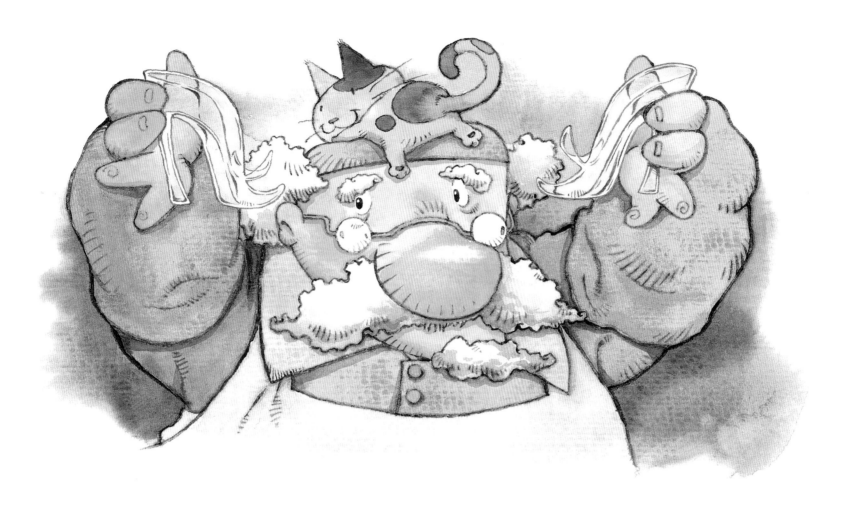

　　由於灰姑娘的後母把她的玻璃鞋打壞了一隻，所以婚後，體貼的王子派人將剩下的那隻玻璃鞋送到「足下美」，史伯特花了好長的時間，研究了幾百種玻璃液的組合比例，終於成功製作出另一隻一模一樣的玻璃鞋，將它們又配成完美的一對。史伯特並順便按原尺寸複製了一雙，陳列在店裡。

這雙玻璃鞋成了「足下美」的活廣告，馬上吸引來大批趕時髦的婦女，到「足下美」訂做玻璃鞋，到後來，史伯特根本就不必做別的鞋，光是做玻璃鞋的訂單就做不完，而「足下美」也幾乎成為玻璃鞋的專賣店，現在，甚至連小女孩都流行穿玻璃鞋呢！

　　「灰姑娘和王子結婚以後呢？」小女孩問。

　　「當然就從此過著幸福快樂的生活啦！」茉莉亞想都沒想就脫口而出；這也是每個人都願意相信的答案。

　　每晚送走最後一位客人之後，茱莉亞做的
第一件事，就是脫下腳上穿了一天的玻璃鞋。
她其實很不喜歡這種硬梆梆、伸縮性小、
不透氣、不吸汗、又重又容易碎的玻璃鞋，
真不明白它是怎麼流行起來的。

這一晚，當茱莉亞正預備罩熄牆上最後一根蠟燭時，「碰—碰—碰——」傳來一陣急促的敲門聲。

茱莉亞才將門拉開一條小縫，一個裹著黑色斗篷的嬌小人影，動作迅速的擠了進來。

　　茱莉亞打量眼前這位陌生女子，她脫下
斗篷，露出一張令所有鮮花都黯然失色的
美麗臉龐，和一頭金髮；她身上的寶藍禮服
剪裁十分講究，頭上的金冠、頸間的鑽石
在微弱的燭光下閃閃發光。

　　茱莉亞出於職業本能，打量她長裙下
露出的鞋子，「啊！」她馬上屈膝行禮：
「參見王妃殿下。」

13

「妳怎麼認出是我？」

「我不認識您，只認識您的鞋子。」

在王妃特別纖細的腳上，穿的正是茉莉亞對人講過無數次的玻璃鞋。

王妃扶起茉莉亞，嘆口氣說：「是啊，大家幾乎都只認識它，不認識我。」

茉莉亞一時之間不知該如何接腔，她趕忙
又點亮幾根蠟燭，鞋架上一排排的玻璃鞋，
在燭光下閃著耀眼的光芒。

「它們實在很漂亮。」王妃緩緩走近鞋架，
她的目光，最後停在那雙最有名的玻璃鞋上。

是茉莉亞聽錯了嗎？她好像聽見王妃嘆了
一口氣。

「妳一定很奇怪，這麼晚了，我怎麼會一個人跑到這裡。」王妃壓低聲音，露出一個頑皮的微笑：「因為我離‧家‧出‧走‧啦！」

「什麼？」茱莉亞簡直不敢相信自己的耳朵，「離家出走？您就算要離家出走又怎麼會選上小店？」

然後她問了一個連自己都覺得很笨的問題：「難道您三更半夜要來買鞋嗎？」

「對呀！因為出了皇宮，『足下美』是我碰到的第一家鞋店。」

茱莉亞驚訝得下巴都快要掉了。王妃可不理會茱莉亞那呆呆的傻樣子，興沖沖的吩咐：

「請妳拿一雙厚棉布底的便鞋給我試試，我想一雙這樣舒服柔軟的鞋，想得都快瘋了。」

「可是，可……是，我們已經不賣這種鞋了。」

「為什麼呢？」王妃掩不住失望的問。

「我們店裡現在差不多只賣玻璃鞋，因為上門的客人幾乎都指定要買和您一樣的玻璃鞋，流行得不得了呢，我看這樣吧，您來試試這雙，我爸爸費了兩個多月才設計成功的紫水晶玻璃鞋，還鑲著紫色的寶石，走起路來聲音非常特別……」

　　茱莉亞還沒說完，就被王妃哭著打斷了：
「不！不！我受夠了穿玻璃鞋的日子，穿上
這種鞋，我根本別想騎馬、跳躍、走遠路，
請不要再給我穿玻璃鞋了。」
　　王妃這一哭，把茱莉亞哭慌了，她覺得王妃
一定有很重的心事，而且這心事一定和玻璃鞋
有關，可是，會是什麼呢？

茉莉亞把王妃帶進她自己小巧乾淨的房間，又體貼的替她脫下玻璃鞋，王妃喝了兩口茉莉亞幫她泡的茉莉花茶，開始敘述她離家的始末：

「我ㄨㄛˇ前ㄑㄧㄢˊ前ㄑㄧㄢˊ後ㄏㄡˋ後ㄏㄡˋ有ㄧㄡˇ過ㄍㄨㄛˋ三ㄙㄢ個ㄍㄜˋ名ㄇㄧㄥˊ字ㄗˋ：
『伊ㄧ拉ㄌㄚ』、『灰ㄏㄨㄟ姑ㄍㄨ娘ㄋㄧㄤ』和ㄏㄜ『王ㄨㄤˊ妃ㄈㄟ殿ㄉㄧㄢˋ下ㄒㄧㄚˋ』。
『伊ㄧ拉ㄌㄚ』是ㄕˋ個ㄍㄜˋ有ㄧㄡˇ父ㄈㄨˋ親ㄑㄧㄣ呵ㄏㄜ護ㄏㄨˋ，無ㄨˊ憂ㄧㄡ無ㄨˊ慮ㄌㄩˋ的ㄉㄜ˙
快ㄎㄨㄞˋ樂ㄌㄜˋ女ㄋㄩˇ孩ㄏㄞˊ，但ㄉㄢˋ是ㄕˋ，自ㄗˋ從ㄘㄨㄥˊ父ㄈㄨˋ親ㄑㄧㄣ死ㄙˇ了ㄌㄜ˙以ㄧˇ後ㄏㄡˋ，
『伊ㄧ拉ㄌㄚ』的ㄉㄜ˙好ㄏㄠˇ日ㄖˋ子ㄗ˙也ㄧㄝˇ就ㄐㄧㄡˋ過ㄍㄨㄛˋ完ㄨㄢˊ了ㄌㄜ˙。

「然後在一身煤灰長大的我，被喚為
『灰姑娘』，生活裡除了工作還是工作，
我沒有時間交朋友，所以做『灰姑娘』的
那些年，日子不但操勞而且孤獨。

20

「原本以為，在告別『灰姑娘』的同時，
也就會告別孤獨和寂寞，但卻沒有想到，
當了差不多一年高高在上的『王妃殿下』，
我的生活居然還是和以前一樣寂寞。

21

「儘管國王和王子非常疼愛我，
但是皇宮住久了是多麼乏味啊，
每個人見到我，必恭必敬的跪下，
禮貌卻疏遠的稱呼我『王妃殿下』，
我還寧願他們給我一個熱情而實在的擁抱呢。
而『玻璃鞋』，更成為我揮之不去的惡夢；
他們為我訂製玻璃舞鞋、玻璃便鞋、
玻璃涼鞋、玻璃拖鞋、玻璃睡鞋……
凡是我腳上穿的全都是玻璃製品，可是，
茱莉亞，妳知道成天穿著這種硬梆梆的鞋子，
有多麼難受啊。」
茱莉亞不停的點頭：「我知道，我當然知道。」

23

　　王妃嘆了一口氣，又繼續說下去：

　　「而且，玻璃鞋也在我身邊築起一道
看不見的玻璃圍牆，穿著它，我不能去花園
剪花澆水，侍女們總攔著我，搶著幫我做，
因為她們說千萬別弄髒了我的玻璃鞋。

　　「回想起來，我自己都覺得差別實在太大，
以前做『灰姑娘』，每天有做不完的事，
而現在的『王妃殿下』呢？卻連梳頭穿衣
都不必自己動手，每天唯一的工作，就是
打扮得漂漂亮亮的去參加一個又一個的宴會，
然後，為了滿足大家的好奇心，展示腳上
這雙玻璃鞋；可是這種沒有意思的生活，
我實在累了，我也不想永遠只是一個展示
玻璃鞋的模特兒，所以我決定『離家出走』。」

24

茱莉亞聽完王妃的心事，不禁掉下了眼淚，
　　原來，公主和王子結婚以後，
也不見得就是從此過著幸福快樂的生活啊。
　　茱莉亞望著累得睡著的王妃，不，伊拉，
只覺得心疼，她想：「我一定要為她做點什麼。」
　　茱莉亞躡手躡腳的走進工作室，
　　找出好久不用的傳統製鞋工具，
　　又在抽屜的最裡層找到一小塊厚棉布。
還好，伊拉的腳是出了名的小，布還夠用。

第二天，當伊拉醒來時，
床前端端正正的擺著她夢寐以求的棉布便鞋。
伊拉既高興又感動，根本說不出話來，
她決定先在茱莉亞這兒住下，
打幾天工，過幾天平常人的生活再說。

29

　　就當伊拉開開心心的在「足下美」住下時，皇宮裡已為王妃突然不見而鬧翻了天。

　　「王妃會去哪兒了呢？」國王問王子：「她提過要出宮嗎？是去看朋友嗎？她有哪些常來往的朋友？」這些問題把王子問出了一身冷汗，因為他竟然答不出任何一個。

　　王子把王妃貼身的侍女叫來問話，他想從王妃每天做的事中找尋她出走的蛛絲馬跡；不問還好，一問之下，才知道他心愛的妻子每天生活的那麼無趣：梳妝打扮、量身、試新衣、新鞋，然後去參加宴會。

　　「她好像是隻被關在籠子裡的金絲雀。」如今，王子似乎能了解王妃出走的心情，但他又該到哪裡去尋回心愛的妻子？這次就連玻璃鞋都幫不上忙了。

儘管皇宮裡人仰馬翻的在找王妃，但脫下玻璃鞋、摘下名貴首飾的伊拉，和其他女孩沒什麼兩樣。她穿著舒服的棉布鞋去市場買菜，和賣菜的珍婆婆、糕餅店的班大叔、賣花的小女孩百合、放羊的麥丘、書呆子庫利爾，都成了好朋友，誰也沒有把她和失蹤的王妃聯想在一起。

只是，以後呢？

「逃避不是解決問題的方法。」茉莉亞眼睛轉了兩圈，她想到了一個方法，只是有點瘋狂；她附在伊拉耳朵旁邊，如此如此，這般這般……。伊拉聽完，肚子都笑痛了，決定依計行事。

王妃回來了，
國王和王子都高興萬分，
雖然王妃對她這些日子的去處
絕口不提，但大家都不放在心上，
覺得只要王妃平安回來就好了。

35

　　再一個月就是王子和王妃結婚一周年的紀念日，為慶祝王妃平安歸來，王子決定舉辦一個盛大的舞會，王妃欣然同意，但是她提出個小小的要求：「假如不是靠著玻璃鞋，我們不可能結為夫妻，所以在這個特別的日子裡，我想和大家分享我的運氣；因此要在請柬上註明，凡是來參加的賓客，不分男女，都必須穿上玻璃鞋。」王子覺得這個想法十分有趣，便答應了。

　　「還有，為了讓每一個來參加的人都能得到好運氣，連樂師、廚師、侍者、衛兵，都要為他們準備玻璃鞋穿。」

　　為了讓妻子開心，王子馬上交代皇宮中的總管去辦這件事，並且以「浪漫玻璃鞋之舞」為這個特別的舞會命名。

這一下，王城裡所有的鞋店都忙翻了天，連以往專門做男鞋的師傅都趕緊去找認識的女鞋師傅，向他們討教做玻璃鞋的祕訣，然後沒日沒夜的加緊趕工；而原本就專賣女鞋的鞋店，更是忙得不可開交，因為所有受邀請的淑女們，都希望能在這個場合出一出鋒頭，她們心裡都在想，說不定也可以和王妃一樣，被還沒結婚的小王子選中，變成「灰姑娘」第二，所以都想盡辦法，挖空心思，要將自己打扮得最出色。

　　既然是「浪漫玻璃鞋之舞」，那麼，腳上的這雙玻璃鞋是不是夠漂亮、夠別緻，就成了關鍵，所以儘管女士們的鞋櫃裡已經有了成打的玻璃鞋，但還是得再添一雙更特別、更富浪漫情調的才能放心。

這浪漫的一天終於到了，所有到皇宮來的人，不論男女，果然都是人腳一雙玻璃鞋，女士們提起長裙，露出腳下爭奇鬥豔、炫麗奪目的玻璃鞋，她們可能都在想著：一年前的這一天，灰姑娘也是這樣來到王宮的吧。

　　長廊兩側的衛兵，穿著筆挺的制服，在壁燈照耀下，今天閃閃發光的，除了雪亮的銅釦，還有腳上深藍色的玻璃鞋。

42

　　而ㄦˊ那ㄋㄚˋ些ㄒㄧㄝ王ㄨㄤˊ公ㄍㄨㄥ大ㄉㄚˋ臣ㄔㄣˊ們ㄇㄣˊ，生ㄕㄥ平ㄆㄧㄥˊ第ㄉㄧˋ一ㄧˋ次ㄘˋ穿ㄔㄨㄢ上ㄕㄤˋ這ㄓㄜˋ種ㄓㄨㄥˇ
特ㄊㄜˋ殊ㄕㄨ材ㄘㄞˊ料ㄌㄧㄠˋ製ㄓˋ成ㄔㄥˊ的ㄉㄜ˙鞋ㄒㄧㄝˊ子ㄗ˙，感ㄍㄢˇ到ㄉㄠˋ既ㄐㄧˋ新ㄒㄧㄣ奇ㄑㄧˊ又ㄧㄡˋ不ㄅㄨˋ習ㄒㄧˊ慣ㄍㄨㄢˋ；
他ㄊㄚ們ㄇㄣˊ小ㄒㄧㄠˇ心ㄒㄧㄣ翼ㄧˋ翼ㄧˋ的ㄉㄜ˙跟ㄍㄣ在ㄗㄞˋ女ㄋㄩˇ伴ㄅㄢˋ們ㄇㄣˊ身ㄕㄣ邊ㄅㄧㄢ，完ㄨㄢˊ全ㄑㄩㄢˊ沒ㄇㄟˊ有ㄧㄡˇ
過ㄍㄨㄛˋ去ㄑㄩˋ大ㄉㄚˋ步ㄅㄨˋ向ㄒㄧㄤˋ前ㄑㄧㄢˊ、不ㄅㄨˋ可ㄎㄜˇ一ㄧˋ世ㄕˋ的ㄉㄜ˙神ㄕㄣˊ氣ㄑㄧˋ模ㄇㄛˊ樣ㄧㄤˋ。

在浪漫的樂聲中，王子和王妃雙雙入場，
帶領著大家一起開始跳舞。
才跳完一曲，王子已經感到吃不消啦，
腳上的玻璃鞋又厚又重，
跳起舞來既吃力又不舒服，
腳後跟像火燒的一樣痛，八成是磨出水泡囉。
一曲終了，王子趕忙坐下來休息喘口氣，
侍者快步送上飲料，沒想到腳下的玻璃鞋一滑，
手上的托盤掉下地，點心飲料摔得一地都是，
另一個趕來幫忙，但玻璃鞋走在弄溼了的地板上，
更是滑溜得無法住腳，結果摔了個四腳朝天；
就在他將摔倒時，順手往旁邊的人一抓，
這一抓剛好抓到王叔，這一下王叔也應聲跌倒了。
王叔跌倒時，
很自然的反應是想抓住正在和他講話的國王；
胖嘟嘟的國王被他這麼一抓，
也跟著摔了個元寶翻身。
在很短的時間裡，只聽見男士的驚呼，
夾雜著女士的尖叫，一個接著一個，
一下子摔倒差不多一半的人。

44

　　場面好不容易才穩住，國王由衛兵扶著
先行離場。臨走時交代眾人一定要玩得盡興、
跳得過癮，才不會辜負了這浪漫的夜晚。

　　「浪漫？」王子有點後悔那時未經深思
就答應了王妃的要求，現在才知道這個主意
真是糟透了。

　　音樂又響起，王子真的不想去跳舞，但
王妃已經笑咪咪的向他走來，他也只好
硬著頭皮站起來；那些王公大臣們見王子
有所行動，也只好咬著牙、忍著痛，陪著
各自的女伴開始跳舞；還沒轉兩圈就有人
跌倒、尖叫。一個原本應該十分浪漫的
舞會，現在卻透著混亂和可笑的氣氛。

「親愛的，你還好嗎？怎麼直冒冷汗呢？」
王妃暗中觀察王子的反應已經很久了，
只是明知故問罷了。
王子苦笑說：
「我今天才曉得，
漂亮的玻璃鞋穿在腳上的滋味。」
「是嗎？可是你曾不只一次對我說，
玻璃鞋是我們愛情的象徵，
你希望我能永遠穿著它呢。」
「我真是太自私了。」
「也因為我們玻璃鞋的傳奇故事，
現在玻璃鞋在城內大大流行起來，
多少女孩子天天都穿著呢。」
「啊！」
王子是個聰明人，
他馬上就明白王妃堅持大家都穿玻璃鞋的用意。
一曲終了，王子在王妃額頭上深深一吻，
在眾人驚訝的目光中，蹲下身去，
親手為王妃脫下那雙遠近馳名的玻璃鞋，
再脫下自己的，把它們交給侍者。

那些早為玻璃鞋所苦的紳士淑女、衛兵僕役，都不禁歡呼一聲，不約而同踢掉玻璃鞋，人人輕鬆愉快的呼口氣，覺得這個舞會，直到此刻才真正開始浪漫起來。

　　王子一揮手，音樂又起，正是他一年前
與灰姑娘第一次見面，跳的第一首舞曲，
現在，他赤足踩著堅定平穩的步伐，
再一次擁緊他心愛的妻子，輕快的旋轉、
旋轉、旋轉……

　　「噹—噹—噹——」遠處的鐘聲傳來，
又是午夜了。

55

六個月後，
在王城的市場旁，
開了家新的鞋店，由史伯特的徒弟派克坐鎮，
茉莉亞和伊拉負責招呼客人。
這家名叫「灰姑娘」的鞋店和「足下美」不同，
店裡什麼鞋都賣，皮鞋、舞鞋、拖鞋、
涼鞋、睡鞋、棉鞋、布鞋、草鞋……，
應有盡有，
但就是不賣玻璃鞋。

寫書的人

李民安

　　湖南寧遠人，民國 47 年生於臺北。輔大經濟系畢業，師大三研所碩士。曾任大學講師、雜誌社特約撰述。

　　她是個興趣廣泛的妙人，常「自謙」十八般武藝「只會」十七樣，至於還不會的是哪一樣？她說：「我得想想。」而深知女兒心性的母親，則一針見血的下斷語：「十八般武藝，她只會一樣，就是『大膽』。」

　　因為膽子大，所以敢講、敢寫、敢畫、敢唱……，然後多講、多寫、多畫、多唱的結果，技巧日亦純熟，人家便稱讚她會講、會寫、會畫、會唱……。

　　她寫的東西也和她的興趣一樣廣泛，也因為膽大而敢於在報導文學、幽默文學、親子關係，和小說間「遊走」。著有童書《解剖大偵探──柯南‧道爾vs.福爾摩斯》（行政院文建會「好書大家讀」年度最佳少年兒童讀物獎）、《石頭不見了》（行政院新聞局第五屆圖畫故事類小太陽獎）、《銀毛與斑斑》，並不定時在《國語日報》撰寫親子專欄。

畫畫的人

郜　欣

　　郜欣從小喜歡兒童插畫，大學時，已決定為此奮鬥一生。畫畫時，下筆嚴謹，但很喜歡嘗試各種不同的風格，想讓大家感覺很新鮮、有趣。

　　郜欣對任何事都充滿熱情，他夢想能走遍全世界，希望用自己的筆，讓孩子更可愛，也讓世界更可愛。

　　他和倪靖兩人合作多年，一起繪製了《愛跳舞的女文豪》、《怪異酷天才》、《解剖大偵探》、《智慧市的糊塗市民》等童書。

倪　靖

　　倪靖畢業於北京服裝學院裝潢設計系，大學期間即開始從事兒童插畫創作。從小喜歡手工藝品，收集各種設計新奇、可愛的東西；喜歡大自然，夢想在燦爛的陽光下、清新的空氣中、豔麗的花叢裡作畫。

　　倪靖較擅長明快、隨意的畫風，最喜歡畫動物和小孩。對兒童插畫充滿熱情，希望能透過自己的畫，把溫馨、快樂帶給大家。除了和郜欣合作外，另繪有《小小知更鳥》。

兒童文學叢書

童話小天地

榮獲新聞局第五屆圖畫故事類「小太陽獎」暨
第十八次中小學生優良課外讀物推介
文建會2000年「好書大家讀」活動推薦

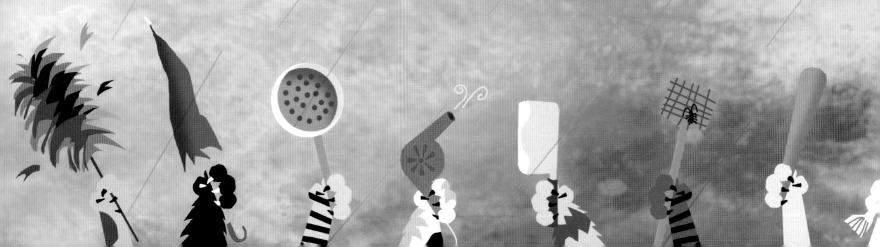

童話的迷人，

正是在那可以幻想也可以真實的無限空間，

從閱讀中也為心靈加上了翅膀，可以海闊天空遨遊。

這一套童話的作者不僅對兒童文學學有專精，

更關心下一代的教育，

出版與寫作的共同理想都是為了孩子，

希望能讓孩子們在愉快中學習，

在自由自在中發展出內在的潛力。

──*simonye*（名作家暨「兒童文學叢書」主編）